DAVID SHANNON

Trop de jouets

Texte français de Marie-Andrée Clermont

Éditions **SCHOLASTIC**

À mes excellents voisins,
la famille Carr

Catalogage avant publication de Bibliothèque et Archives Canada

Shannon, David, 1959-
Trop de jouets / texte et illustrations de David Shannon ;
texte français de Marie-Andrée Clermont.

Traduction de: Too many toys.
Public cible : Pour les 4-8 ans.
ISBN 978-0-545-98819-3
 I. Clermont, Marie-Andrée II. Titre.

PZ23.S485Tr 2008   j813'.54   C2008-903234-9

Édition publiée par les Éditions Scholastic,
604, rue King Ouest, Toronto (Ontario) M5V 1E1.

5 4 3 2 1   Imprimé au Canada   08 09 10 11 12

SAMUEL A TROP DE JOUETS.
Ils couvrent le plancher de sa chambre,
s'empilent dans sa garde-robe et s'entassent sous
son lit. Ils débordent même dans l'escalier et dans
le salon.

Les plus gros encombrent le jardin arrière...

... et les plus petits flottent dans la baignoire.

À certains moments, Samuel s'amuse à tirer de gentils animaux en bois qui roulent bien sagement. D'autres fois, il préfère ses jouets électroniques tapageurs et complètement mabouls. Il a des casse-tête, des jeux de société, des livres audio qui lui développent l'esprit...

... et des jeux vidéo tonitruants,
bondissants et frénétiques
qui ne lui apportent rien
du tout.

Samuel aime aligner ses jouets à la queue leu
leu : il forme un long défilé qui va d'un bout à
l'autre de la maison et qui revient au point de
départ! Il y a un zoo entier d'animaux en peluche
et une armée gigantesque de figurines d'action.

Samuel possède une flotte d'avions
et de petits bateaux, un parc de voitures
et de camions miniatures et un long
convoi de chemin de fer.

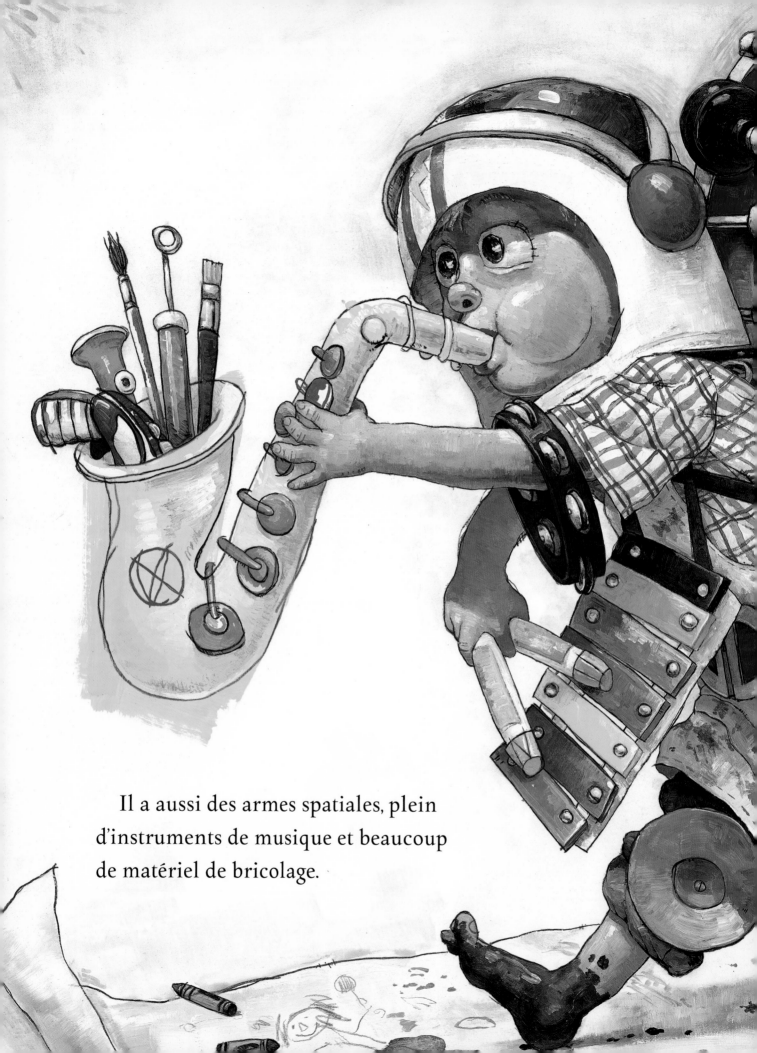

Il a aussi des armes spatiales, plein
d'instruments de musique et beaucoup
de matériel de bricolage.

Samuel reçoit des cadeaux de toute sa famille. Pas seulement de son papa et de sa maman, mais aussi de Grand-maman, de Papi, de Mamie, de tatie Mimi, de tonton Fred et de sa cousine Doris. Ils lui font des cadeaux à son anniversaire et à la moindre occasion (même à la fête nationale!).

Non seulement Samuel reçoit, de ses amis, des jouets lors de son anniversaire, mais il en reçoit aussi lorsqu'il est invité à leurs fêtes d'anniversaire!

Il reçoit des babioles avec son hamburger acheté au service au volant, quand il ne se tortille pas trop chez le dentiste ou le médecin, et aussi à l'école pour tous les bons points qu'il accumule.

SAMUEL A VRAIMENT BEAUCOUP DE...

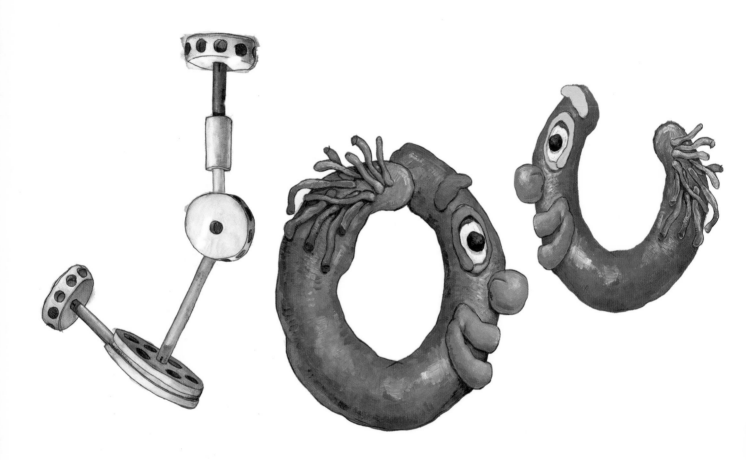

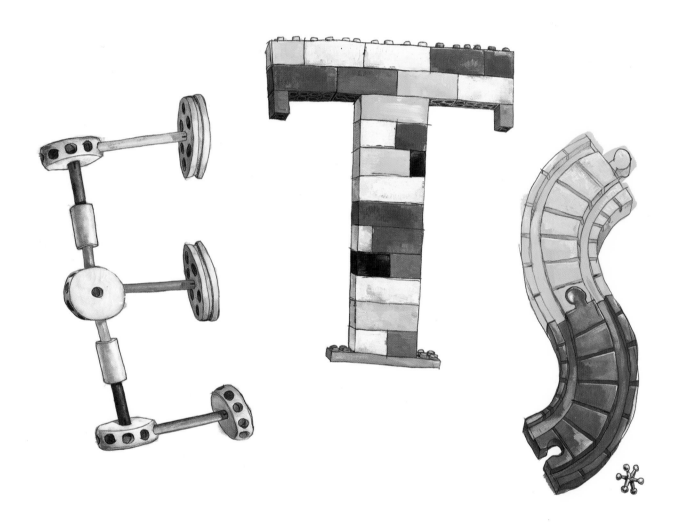

Ça devient dangereux de circuler dans
la maison. As-tu déjà posé ton pied nu sur un
morceau de Lego? Ou sur un cochonnet? Ouille!
Ça fait vraiment mal! Surtout si tu es aussi grand
que le papa de Samuel...

Et attention si tu te
promènes avec une brassée
de lavage : tu risques de trébucher
sur des voies ferrées ou des
autos de course!

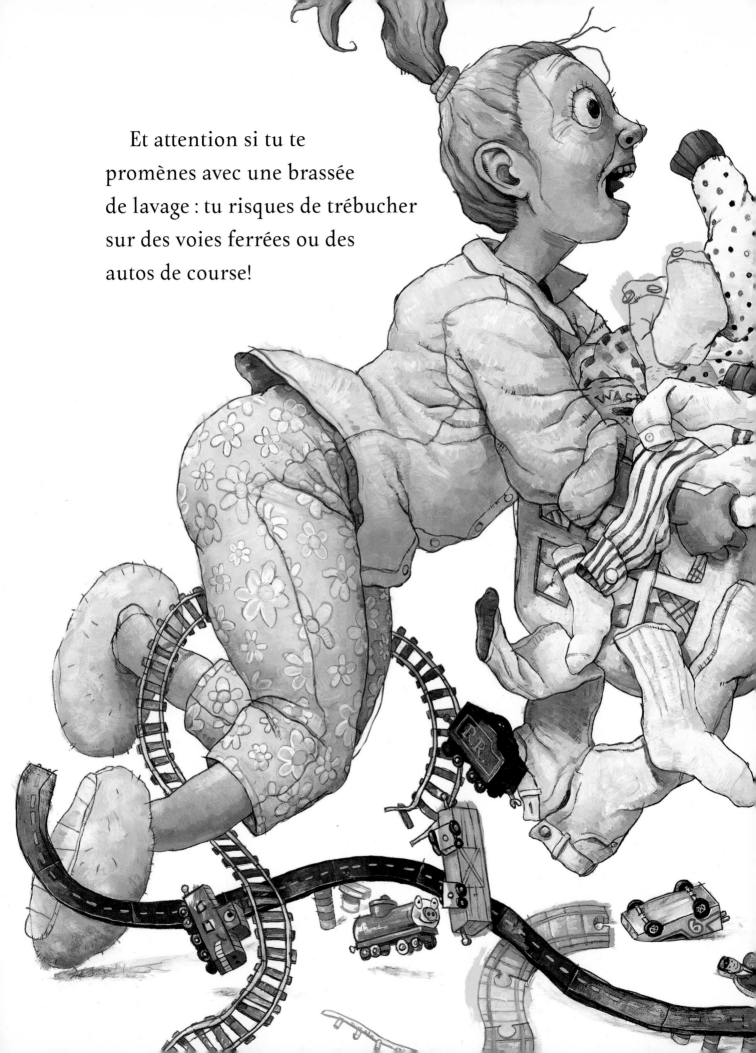

La maman de Samuel commence à en avoir assez de tous ces jouets.

— SAMUEL! s'écrie-t-elle un beau jour en montant à l'étage. TU AS TROP DE JOUETS!

« Mais non, c'est impossible! » songe Samuel.

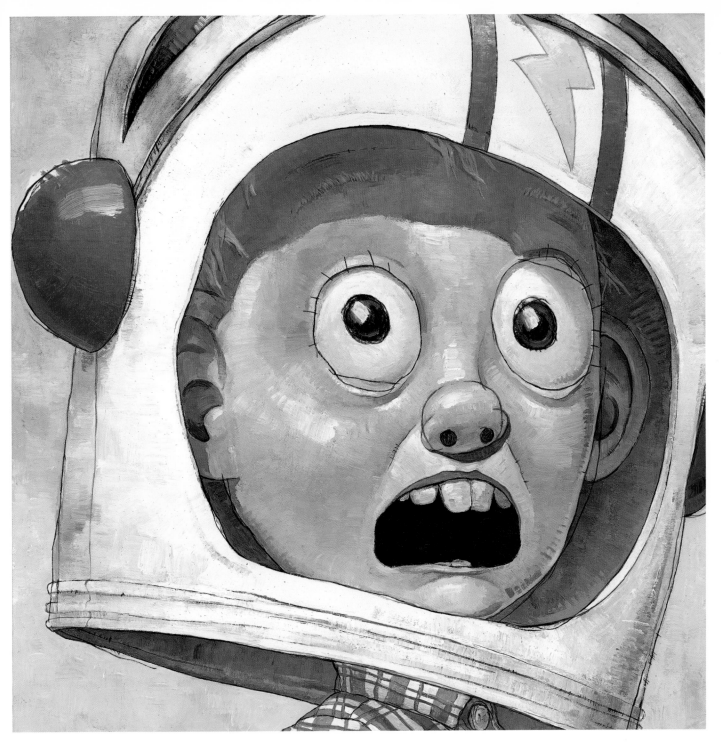

— On va se débarrasser de quelques-uns d'entre eux, ajoute sa maman.

« OH! LA CATASTROPHE! »

— Choisis ceux que tu ne veux pas garder, ordonne-t-elle, et mets-les dans cette boîte.

— MAIS JE LES AIME TOUS! proteste Samuel.

— Très bien alors, je vais t'aider, dit sa mère en prenant un Ninja extraterrestre. Que penses-tu de celui-ci? Tu n'as pas joué avec depuis des années.

— Oui, mais j'allais justement le faire!

— Voyons, Samuel, il n'a même pas de tête.

— Je suis en train de lui en fabriquer une! répond Samuel.

— Bon, bon, marmonne la mère de Samuel.

Elle dépose l'extraterrestre et ramasse un lapin crasseux à qui il manque une oreille.

— Celui-là, on peut certainement le donner, dit-elle.

— Pas monsieur Peluche, maman! Tu ne peux pas me faire ça!

— Celui-ci, alors?

— Non, c'est le meilleur ami de monsieur Peluche!

— Celui-là, peut-être?

— Maman, aurais-tu oublié? C'est Grand-maman qui me l'a donné pour mes quatre ans. Et je n'aurai plus jamais quatre ans! PLUS JAMAIS!

— Je t'en prie, Samuel, ne sois pas si mélodramatique! dit sa maman en levant les yeux au ciel.

Disons que tu peux garder celui-là, ajoute-t-elle. Mais je donne ce cochon et le train Tchou-tchou.

— Voilà ce que je propose, réplique Samuel. Je te laisse le cochon, mais je garde le train.

— Non, mais tu te prends pour un avocat, ou quoi? s'exclame la maman de Samuel. Disons que tu gardes le train, mais la vache s'en va dans la boîte. D'accord?

— Que dirais-tu si je donnais plutôt deux ou trois babioles?

répond Samuel en tentant de négocier. Et j'ajouterais même un couineur de ton choix, hein?

— Que dirais-tu de tous les mettre dans la boîte ou d'être privé de télé pendant une semaine, hein?

Samuel comprend qu'il vaut probablement mieux abdiquer.

— Marché conclu! dit-il.

— Enfin, des jouets dans la boîte! soupire la maman. Mais franchement, je ne pensais pas que ce serait aussi difficile!

Elle s'affale sur le plancher, à côté d'un pirate en
forme d'œuf qui hurle : « AH! ÔTE-TOI DE LÀ, VIEUX
CHIEN GALEUX! OUSTE! VIEUCHIALEUX!
VEUCHALEUX… VALEUX! »

— En voilà un autre dont tu peux te passer! dit-elle.

— Pas de problème, dit Samuel.

Sa mère manque de tomber à la renverse.

— Quoi!?! Tu vas le donner sans même protester?
demande-t-elle.

— Bien sûr, répond Samuel. Il est à papa, celui-là.

Alors, Samuel et sa maman examinent le contenu
de chaque boîte de jouets, regardent dans toutes les
garde-robes et sous tous les lits de la maison, jusqu'à ce
qu'ils aient fini d'argumenter et de discuter le sort
de chaque jouet! Après un long moment, ils ont enfin
terminé et la maman de Samuel descend faire une
pause pour boire un thé.

Elle remonte ensuite à l'étage pour chercher la boîte de jouets. Mais voilà qu'elle aperçoit un gros tas de jouets éparpillés sur le plancher! Elle pousse un cri :

— SAMUEL! QU'EST-CE QUE TU AS FAIT?! ON AVAIT CONCLU UN MARCHÉ!

— Tu avais raison, maman! répond Samuel de sa chambre. C'est vrai que j'ai trop de jouets. Mais pas question de donner cette boîte...

Défense d'entrer

STATIONNEMENT RÉSERVÉ À SAMUEL

— C'est le jouet le plus
amusant de tous!